Maurice Canioni

L'Imposture

LE SECRET
DE MÉLANIE DE LA SALETTE
DÉCOUVERT EN 1999

AEMC

ISBN 978-1-008-96839-4

Au cours de son Apparition à la Salette à deux jeunes bergers, Mélanie Calvat et Maximin Giraud, natifs de Corps dans l'Isère, la Très Sainte Vierge Marie confia à Mélanie, plus tard en religion sœur Marie de la Croix, un Secret avec mission de ne le publier qu'à partir de 1858 et de ne le révéler à personne avant cette date[1].

En 1851, ayant strictement jusque-là respecté pendant quatre ans la consigne du silence, en dépit de toutes les tentatives, sans cesse renouvelées, même les plus insidieuses, voire les menaces, de qui que ce soit, pour leur en faire dévoiler quelque chose, les deux bergers acceptent, mais après de pénibles hésitations de la part de Mélanie à écrire chacun son secret ? Que s'est-il passé qui a pu leur faire enfreindre l'ordre de Notre-Dame ? L'abbé Corteville nous l'explique :

« La communication des Secrets à Pie IX a pour origine l'incroyance [même l'hostilité] sur la Salette du Cardinal de Bonald, archevêque de Lyon au temps de l'apparition. Il se propose d'en éclairer le mystère pour élucider toute l'affaire. Dès le 21 mars 1851, il écrit au chanoine Rousselot, vicaire général honoraire de

---

[1] Le jeune berger a reçu également un secret, avec interdiction de le révéler.

Grenoble : "… je dois m'en occuper [des affaires de La Salette] comme Conseiller du Pape, et je viens vous prier de me dire si Marcellin et sa sœur[2] me confieront leurs Secrets pour les transmettre à sa Sainteté"[3]. »

A cette fin, Mgr Philibert de Bruillard, évêque de Grenoble et suffragant de Mgr de Bonald, délègue l'abbé Auvergne, secrétaire de l'évêché, auprès de Maximin qui se dit disposé à écrire son Secret. Il n'en va pas de même avec Mélanie. L'abbé Auvergne a beau lui dire que le Pape lui-même veut savoir son Secret, elle s'y refuse parce que, dit-elle, « *ce n'est pas le Pape qui demande mon Secret, ce sont d'autres qui lui ont dit de me le demander* ». Elle a parfaitement raison, l'histoire le prouve : le cardinal Fornari, ancien nonce à Paris, de passage à Lyon avait rencontré le cardinal de Bonald et le cardinal Gousset, archevêque de Reims et "hostile au prodige". Au cours du repas d'apparat qui les réunissait, le cardinal Fornari déclara à Mgr de Bonald :

> « Votre titre de Métropolitain vous donne le droit d'aller examiner ce qui se passe à Grenoble et votre titre de Cardinal et de Conseiller du Pape, vous donne le droit d'exiger la révélation de ce Secret qu'on dit avoir été confié

---

[2] Maximin (non Marcellin) et Mélanie n'ont aucun lien de parenté !

[3] Michel Corteville, *La " Grande Nouvelle" des Bergers de la Salette*, tome 1, pp. 137-138, Téqui, 2000.

> aux deux enfants, pour en informer le Souverain Pontife »[4] L'archevêque de Lyon écrivit au cardinal Gousset, qui se rendait à Rome pour le consistoire du 10 avril 1850 : « Veuillez, Monseigneur, demander pour moi à Sa Sainteté qu'elle m'autorise à lui transmettre ces secrets, s'ils en valent la peine. »

Il s'arrogeait donc le pouvoir de juger… avant le Pape.

Le chanoine Rousselot est chargée d'effectuer une deuxième tentative auprès de Mélanie. Sachant que l'entretien avec son confrère Auvergne l'a laissée troublée et perplexe, il lui fait ressortir avec douceur qu'on « ne peut déplaire à la Sainte Vierge en obéissant à l'Eglise, à laquelle il faut soumettre toutes les révélations, toutes les apparitions, toutes les visions. C'est Jésus-Christ qui a établi le Pape son Vicaire sur la terre. La sainte Vierge le sait bien ; Elle n'est pas fâchée, quand on obéit à celui qui est le représentant de son Fils sur la terre ; Elle le serait, au contraire, si on lui désobéissait[5]. »

Mélanie accepte alors de dire son Secret, mais elle ne le dira qu'au Pape seul ou le lui écrira dans une lettre

---

[4] Michel Corteville,*La " Grande Nouvelle" des Bergers de la Salette*, tome 1, pp. 137-138, Téqui, 2000.
[5]*Ibid.,* p. 143.

cachetée remise à Mgr de Bruillard. Elle refuse de le confier à quiconque autre et surtout de le transmettre par l'intermédiaire du cardinal de Bonald, « *parce qu'à Lyon on ne croit pas beaucoup à la Salette, et ensuite je ne veux pas qu'on décachète ma lettre.* » Une fois encore Mélanie fait preuve d'une étonnante clairvoyance : Mgr de Bruillard ayant adressé à son archevêque les procès-verbaux des entretiens des abbés Auvergne et Rousselot avec Maximin et Mélanie, le cardinal de Lyon lui répond : « Je *suis chargé* par *Sa Sainteté* (ces quatre mots sont soulignés dans le texte) d'envoyer le Secret et pas autre chose, le secret purement et simplement[6]. (…) Il ne doit point être cacheté. C'est moi qui mettrai mon sceau et qui l'enverrai au pape.[7]. »

« Il n'y a rien eu d'écrit à ce sujet, affirme maître Nicolas ; tout a été oral, soit dans la commission donnée par Mgr de Bonald à Mgr Gousset, soit dans la demande de ce dernier au Pape, soit dans la réponse du Saint-Père, soit dans la transmission de cette réponse par le cardinal Gousset à son confrère de Bonald. Ce qui s'est passé l'indique suffisamment.

« En fait, et nous le savons de source certaine, Mgr de Bonald ne tendait qu'à faire crouler le miracle, et il se servait de tout pour arriver à ce but ; ce n'était pas pour

---

[6] Le cardinal ne semble intéressé que par le secret de Mélanie.

[7] Louis Bassette, *Le fait de la Salette*, pp. 210-211, Cerf, 1955 ; Stern, D.A., t. 3, p. 35 ; Corteville, *op., cit.*, p. 147.

faire tenir les secrets au pape qu'il les demandait, puisqu'il voulait qu'on les lui remît, alors qu'ils étaient déjà arrivés à Rome. Il voulait les recevoir à découvert, non pour que le pape les jugeât, mais pour les apprécier lui-même tout le premier. Si, à ce point de vue, il les eût trouvés ridicules (et vu ses dispositions invétérées, il les aurait tout naturellement jugés tels), il les aurait jetés dans la corbeille des vieux chiffons ; il aurait écrit au pape qu'il les avait trouvés trop indignes de lui, pour se décider à les lui faire tenir. Par-là, il aurait violé les canons du Saint Concile de Latran, qui attribuent au pape seul le jugement des révélations, ou bien, s'il les eût fait partir pour Rome, il les aurait accompagnés de tant d'imputations, de réflexions et de défigurations qu'on n'aurait pas pu combattre, parce qu'on ne les aurait pas connues, qu'elles auraient amené, presque forcément, le rejet des secrets au Vatican sans une intervention divine ; et si les secrets eussent ainsi disparu, ils auraient entraîné dans leur ruine le miracle lui-même en son entier[8]. »

Le cardinal de Bonald s'affirme officiellement missionné par le Pape, ce qui est inexact et il s'attribue le rôle de juger de la valeur du texte avant de le transmettre, c'est bien ce que craignait Mélanie !

---

[8] Maître Amédée Nicolas, *Défense et explication du Secret de Mélanie Calvat, publié en 1879 par la Bergère, sœur Marie de la Croix* (Texte demandé par Léon XIII pour que le public comprenne bien le Secret), 1880, chez Pelladan, Nîmes.

Rome étant instruite depuis cinq ans déjà, du fait de la Salette et en communication à ce sujet avec l'évêque de Grenoble, elle n'avait que faire, pour passer un ordre ou exprimer un vœu à celui-ci, de l'intermédiaire du cardinal de Bonald. Mgr de Bruillard respectera le désir de Mélanie et se chargera lui-même de transmettre directement les Secrets à Pie IX, comme l'exigeait la Constitution *SupremæMajestatis*du 19 décembre 1516.

Le jeudi 3 juillet 1851, à l'évêché de Grenoble, à 7 heures du soir, Maximin rédige son Secret pour Pie IX. L'enveloppe le contenant est contresignée par les témoins : le chanoine de Taxis et F-B Dausse, ingénieur.

Ce même jeudi, Mélanie rédige le sien à Corenc, au couvent des Sœurs de la Providence où elle est religieuse, contresigné par les mêmes témoins.

Que le lecteur veuille bien prêter la plus grande attention à ce qui suit et qui est de la plus haute importance ainsi qu'il le verra plus avant.

Seulement, quelques heures après avoir rédigé son Secret, Mélanie éprouve des remords. Elle est triste, elle demande à revoir le chanoine Rousselot. Elle avoue qu'elle a oublié d'écrire quelque chose. Il lui est conseillé de rédiger son texte de nouveau. Le dimanche suivant, 6 juillet, Mélanie se rend à Grenoble, à la Providence, pour ajouter *quelque chose* à son Secret. Elle écrit en présence de l'abbé Auvergne et de F-B Dausse, plie sa feuille et, sans la leur montrer, la glisse dans l'enveloppe qu'elle leur remet. Les deux témoins contresignent à l'évêché de Grenoble.

Pourquoi Mélanie a-t-elle voulu refaire son écrit ? Quelle chose a-t-elle tenu à ajouter ?

Elle l'a dit positivement : ***parce qu'elle n'avait assigné qu'une date pour ce qui doit arriver à deux villes, tandis qu'il en fallait deux différentes : sa 1ère rédaction aurait induit en erreur pour cela.*** (Cf. *infra* p. 18, J. Stern, *2ème réponse*)

Dans le Secret de 1879, publié avec l'*imprimatur* de Mgr Zola, trois villes sont citées : Rome deux fois, Paris et Marseille. Rome, en vue d'exhorter Pie IX à ne plus en sortir après 1859, et pour annoncer la perte de la foi et son occupation par l'Antéchrist. Dans sa première rédaction, Mélanie avait seulement précisé la date de la destruction de l'une de ces deux villes, mais l'autre devant être détruite un certain temps plus tard, l'omission pouvait entraîner une confusion. Deux autres dates sont mentionnées dans le Secret mais sans rapport avec des villes explicitement indiquées : *En*

1864, Lucifer avec un grand nombre de démons seront détachés de l'enfer... Dans l'année 1865, on verra l'abomination dans les lieux saints... Ces prophéties se sont réalisées et ont été expliquées[9]. Il s'agit donc de Paris et de Marseille.

Par conséquent, il est hors de doute que la seconde rédaction doit préciser pour chacune des deux villes l'année de sa destruction.

Pie IX prit connaissance des deux Secrets en présence des abbés Rousselot et Gérin chargés de les lui remettre. Les envoyés de Mgr de Bruillard témoignèrent de l'intérêt et même de l'émotion manifestés par le Souverain Pontife à la lecture des écrits des bergers, et il les communiqua à certains prélats, notamment au cardinal Luigi-E-N Lambruschini, Préfet de la Congrégation des Rites.

Que devinrent ensuite les Secrets ? Ils furent placés dans le fonds particulier de Pie IX, puis considérés comme introuvables voire perdus. Le 21 mai 1946, à l'occasion du centenaire de l'Apparition, ces documents furent recherchés, retrouvés et transférés au Saint-Office par Mgr Angelo Mercati, responsable des

[9]Voir *L'apparition de la Très sainte Vierge sur la Montagne de la Salette le 19 septembre 1846*, par Mélanie Calvat, avec explications de l'abbé Combe et application à l'actualité du frère Mattéo, AEMC.

Archives Secrètes Vaticanes, puis reversés en 1965 dans les archives de la Congrégation de la Doctrine de la foi (le Saint-Office ayant été supprimé par Montini-Paul VI)[10].

Là, ça se complique ! Si, d'après l'abbé Corteville, les Secrets se trouvent dans les Archives de la Congrégation pour la Doctrine de la foi, Jean Stern, ms, affirme au contraire :

> « Les recherches entreprises sur notre demande aux archives de la Congrégation pour la Doctrine de la foi (l'ancien Saint-Office) *n'ont pas permis de retrouver les 'secrets' de 1851*. Le dossier "La Salette" de ce dicastère ne contient qu'un seul document pour la période 1846-1854 : une attestation de Rousselot de 1851, (doc. 829 bis)[11]. »

Que dit ce document 829 bis, page 303 ? :

> « *Attestation de Rousselot : il a remis à Pie IX une lettre de Mgr de Bruillard avec ses secrets. — Rome, Congrégation pour la doctrine de la foi.* »

Nous devons comprendre que les Secrets et la lettre qui les accompagnait étaient dissociés à l'époque où Stern les cherchait.

---

10 Corteville, *op., cit.,* p.137.

11 Jean Stern, Documents Authentiques, tome III, p. 57, bas de note 46, Cerf, 1990.

L'abbé Corteville, lui, les y a trouvés et il explique comment dans son livre coécrit avec l'abbé Laurentin, *La découverte du Secret de la Salette.* Il confirme que « l'archiviste de la Congrégation avait déjà répondu il y a dix ans au père Stern, archiviste émérite des Missionnaires de La Salette, que ces pièces ne figuraient pas au dossier. Chacun en avait fait son deuil[12]. » Le livre ci-dessus cité ayant été publié en 2002, dix ans auparavant nous reportent à 1992. Or, l'on sait que les Archives de la Congrégation pour la Doctrine de la foi sont ouvertes depuis 1998 par ... Mgr Bertone ! Voilà qui pourrait expliquer certaines choses !

Les Secrets ont donc refait surface entre 1992 et 1998 ! ? La difficulté de trouver les documents désirés s'expliquerait par le fait que le catalogue de la section où ils auraient dû être n'existait plus, ils étaient placés dans un dossier classé aux années 1879-1883. L'archiviste indiqua « de mémoire » (!) au chercheur une liasse poussiéreuse non consultée depuis dix à vingt ans[13]. Indice à retenir. On peut se poser la question de savoir pourquoi la mémoire de l'archiviste n'a pas aussi bien fonctionné pour le père Stern.

---

[12] René Laurentin et Michel Corteville, *La découverte du Secret de la Salette*, p. 23, Fayard, 2002.

[13] *Ibid.*, p. 24.

Les surprises ne font que commencer !

Paul-Etienne Pierrecourt, qui répand le Message intégral de la Mère de Dieu par écrits conférences et vidéos, s'est aperçu que le Secret de Mélanie de 1851 découvert par l'abbé Corteville ne comportait aucune des deux dates que la Bergère avait assignées pour les villes de Paris et Marseille. Je le félicite pour sa perspicacité. A lui en revient tout le mérite[14]. Voici donc la phrase concernée, se trouvant dans le "secret" soi-disant découvert en 1999 :

« ***Paris, cette ville souillée de toutes sortes de crimes, périra infailliblement. Marseille sera détruite en peu de temps.*** »

Comment ! Mélanie, qui a tenu à réécrire son Secret parce qu'elle n'avait assignée qu'une date, n'en aurait-elle mise **aucune** ???

Bien que travaillant depuis une vingtaine d'années sur l'Apparition de la Salette, je n'avais pas remarqué cette anomalie. La première réaction de surprise passée, j'ai cherché à obtenir une explication de cette anomalie

---

14 Livres et articles dans *La Voix des Francs*, ESR. Paul-Etienne Pierrecourt prépare un ouvrage dans lequel il prouvera la fausseté du secret de 1999 en apportant une preuve supplémentaire. Voir sa chaîne https://youtube.com/channel/UCI1LIPQKK8fp

auprès de deux ecclésiastiques spécialistes de la Salette, à savoir l'abbé Michel Corteville auteur d'une monumentale thèse de plus de 1000 pages en deux volumes et le père Jean Stern, ms, ancien archiviste de la Salette, auteur de *La Salette Documents Authentiques* (3 volumes). Parallèlement, je me suis proposé de replacer ladite anomalie dans son contexte historique et psychologique d'hier et d'aujourd'hui. Je tenais en effet à étayer la conclusion à formuler sur des données réelles et fiables.

J'ai adressé à l'abbé Corteville la question suivante :

> « *Mélanie a réécrit son secret pour Pie IX parce qu'elle n'avait assigné qu'une date pour deux villes, alors qu'il en fallait deux différentes pour éviter une erreur. Or, dans le secret que vous avez découvert, il n'y a aucune date. Comment expliquez-vous cette anomalie* ? »

Je n'ai pas obtenu de réponse.

J'ai fait poser[15] la même question au père Jean Stern, qui a répondu immédiatement :

---

[15] Je ne me suis pas adressé au père Stern par un intermédiaire, parce qu'il est douteux qu'il eût voulu me répondre. En effet, j'ai su par un ami qui me l'a rapporté pour le tenir directement de lui, qu'il n'avait pas apprécié l'analyse, selon l'Histoire vraie et impartiale, que j'ai faite dans mon livre *Le Triomphe de N-D de la Salette en et par ses deux Témoins*

« Les lettres écrites par Maximin et Mélanie au bienheureux Pie 9 le 18 juillet 1851 [écrites le 3 juillet par Maximin et le 6 juillet par Mélanie et remises à Pie IX le 16 juillet] sont devenues accessibles, depuis que les archives historiques de la Congrégation pour la Doctrine de la foi ont été ouvertes aux chercheurs, il y a vingt ou vingt-cinq ans. Effectivement il n'y a pas de date au sujet des deux villes dont il est question dans la lettre de Mélanie.

« En ce qui concerne les "secrets" de la Salette (textes remis à Pie 9, puis rédactions ultérieures, etc.), je me permets de renvoyer à mon livre : Notre-Dame de la Salette et son message authentique : un discernement amorcé par le saint curé d'Ars (L'harmattan 2020). - Le saint curé d'Ars n'a pas connu les "secrets", mais il aide à poser le problème soulevé par eux correctement.

[…] Jean Stern m.s »

\- - - - - - - - - - - - - -

Que penser de cette réponse ?

Qu'elle n'en est pas une. Je savais que les archives étaient ouvertes, sinon la question n'aurait pas eu lieu d'être posée.

Il se contente de confirmer l'objet de la question à lui posée.

Son opinion sur les secrets ne lui avait pas été demandée.

---

du livre du J. Jaouen (*La grâce de la Salette au regard de l'Eglise*) et du sien conseillé à mon intermédiaire ainsi qu'on le lira ci-après.

Comment le saint curé d'Ars, qui n'a pas connu les secrets, pourrait-il suggérer l'opinion plus que défavorable des Sougez, Jaouen, Stern et consorts sur ces secrets ? Il faut ne craindre ni l'anachronisme ni manquer de toupet pour se servir d'un saint afin de faire adopter aux lecteurs sa propre opinion.

Deuxième sollicitation au même père Stern pour le remercier de sa réponse et lui faire part de la déception éprouvée qu'il n'ait pas fourni l'explication demandée.

Réponse :

> « *Vous avez demandé comment expliquer cette anomalie* [et oui !], *à savoir que dans la lettre écrite par Mélanie le 6 juillet 1851 ne figure aucune date, alors que Mélanie avait dit vouloir réécrire son secret destiné à Pie IX, parce qu'elle n'avait assigné qu'une seule date au sujet de deux villes alors qu'il en fallait deux différentes.*
>
> « *La parole de Mélanie disant qu'elle devait ajouter une date à sa lettre est attestée par un témoin sérieux, l'ingénieur Dausse (La Salette Documents authentiques, T. 3, page 183). Comment se fait-il alors que dans la lettre de Mélanie au bienheureux Pie IX, désormais consultable, ne figure aucune date ? L'explication, la voici : ces lettres, tant celle datée du 3 que celle du 6 juillet 1851, furent écrites par une Mélanie sérieusement perturbée. Perturbée par toutes espèces de choses qu'elle avait entendues, et perturbée, fondamentalement, par l'obligation qu'on avait voulu lui imposer de révéler au Souverain Pontife ce que la Vierge lui avait communiqué le 19 septembre 1846 et qui n'était destiné qu'à elle seule. En réalité, jamais Pie 9 n'a*

demandé communication des secrets. Il a simplement accepté qu'on les lui envoie, ce qui est tout différent.

[...]

Jean Stern m.s »

\- - - - - - - - - - - -

Que penser de cette deuxième réponse ?

La moitié de celle-ci se divise en trois parties : 1- répétition de la question à lui posée, ce qui est parfaitement inutile ; 2- que Pie IX ait commandé ou simplement ratifié la demande des secrets est de peu d'intérêt sinon hors sujet ; 3- deuxième confirmation de l'anomalie, là c'est important car, venant de l'ex-archiviste de la Salette, l'anomalie ne peut être niée.

Jean Stern explique celle-ci par la profonde perturbation psychologique de Mélanie. Voilà qui est bien conforme à la doxa, cuite et recuite, anti-mélaniste et anti-secret, qui remonte au début de l'épiscopat de Mgr Ginoulhiac, successeur de Mgr de Bruillard.

Le nouvel évêque devait sa mitre à Napoléon III, puisque depuis le Concordat de 1801, le gouvernement choisissait, nommait et rétribuait les évêques. Il lui en devait donc une sincère reconnaissance et il ne cachait pas son zèle loyaliste. Le bruit circulant que le Secret concernait l'empereur, l'évêque voulut s'en assurer pour, si nécessaire, mettre finà ce manque de civisme et de loyalisme. De plus, l'empereur, averti de ces rumeurs, voulait remplacer les missionnaires par ses gendarmes. Comment dans de telles conjonctures cet évêque aurait-il pu discerner la duplicité de cet *aigle au cœur double*, et surtout, osé lui résister !

Dans son mandement du 4 novembre 1854, Mgr Ginoulhiac déclarait :

> « …heureusement, nous vivons sous un gouvernement assez sûr de lui-même, pour ne pas trembler devant de prétendues confidences prophétiques faites à un enfant, assez éclairé pour apercevoir l'inanité de ces prédictions dans le ridicule qui les accompagne ! Les avis qu'on semble lui donner arrivent un peu tard. *Nous n'avions pas attendu que l'évènement montra la fausseté de ces oracles pour l'en informer* ! Et il sait bien que si l'autorité diocésaine veille d'un côté pour ne laisser introduire aucune superstition dans une dévotion respectable, elle veille aussi, de l'autre, pour ne pas permettre qu'à l'ombre de cette dévotion se forme ou s'abrite aucune intrigue de parti ! »

Peut-on être plus craintif et servile ? Esprit gallican et concordataire !

L'enfant en question était Maximin. On ignore pourquoi il lui attribue des *prédictions ridicules*, car il avait été parfaitement discret sur la question politique toujours est-il que ce n'est pas à lui mais à Mélanie qu'il en voulait.

Après les mots, les actes.

PREMIER ACTE.

Entrée au couvent le 10 octobre 1851, Mélanie aurait dû faire sa profession religieuse en 1853. Mgr Ginoulhiac s'y opposa contre l'avis unanime de la Communauté. Il justifia sa décision au motif que la jeune novice *prétendait* avoir des manifestations mystiques auxquelles elle *aurait été* orgueilleusement attachée :

> « *Cet attachement à son sens et les singularités qui en sont la suite naturelle fixèrent notre attention, dès que nous en fûmes informé ; et, bien que la Communauté rendît hommage à sa piété et à son zèle pour l'instruction religieuse des enfants, nous crûmes de notre devoir de refuser de l'admettre aux vœux annuels, afin de la former plus efficacement à la pratique de l'humilité et de la simplicité chrétiennes qui sont le préservatif le plus sûr contre les illusions de la vie intérieure*[16]. »

---

[16]*Mandement du* 4 nov. 1854, cité par Jaouen, p. 242.

Mélanie avait effectivement des faveurs mystiques. Elle en avait depuis son âge le plus tendre et elle en aura toute sa vie, ses confesseurs et directeurs spirituels en témoignent. Ces faveurs, certes singulières, sont réservées à de rares âmes privilégiées. Jeanne d'Arc en eut quand elle gardait ses moutons, cela lui valut le bûcher par la faute d'un évêque au nom évocateur ; les trois pastoureaux de Fatima et d'autres jeunes âmes choisies par la Providence pour ses desseins de miséricorde en ont bénéficié. L'hagiographie en donne de nombreux exemples. Le plus étonnant n'est-il pas que l'évêque responsable les rejette a priori, sans examen ? Son devoir de pasteur n'était-il pas de faire étudier le cas de Mélanie par des prêtres sages et prudent versés dans la science mystique. Il n'en fit rien.

DEUXIÈME ACTE.

Il se rendit donc à Corenc et, pour tirer l'affaire au clair, demanda à sœur Marie de la Croix de lui confier son Secret. Elle répondit ne pouvoir déférer à sa demande, n'ayant pas l'autorisation de la T. S. Vierge de le révéler avant 1858. Blessé dans son amour-propre, Monseigneur se fâcha et dit à la sœur *qu'il lui ferait payer sa désobéissance*. Il tint parole. Il l'exila en Angleterre chez les carmélites de Darlington où elle resta cloîtrée, *incarcérée* selonson mot, jusqu'à ce que Pie IX la relève de ses vœux pour lui permettre de revenir en France accomplir la mission donnée par la T.S. Sainte Vierge : « *Et bien, mes enfants, vous le ferez passer à tout mn peuple !* » Pour Mélanie, il s'agissait de répandre aussi le Secret.

TROISIÈME ACTE.

Le 19 septembre 1855, l'évêque proclamait énergiquement sa foi en l'Apparition devant plusieurs milliers de pèlerins, mais il plaçait une phrase terrible : « La mission des bergers est finie, celle de l'Eglise commence. »

Que l'Eglise ait eu le devoir de répandre la dévotion à Notre-Dame de la Salette, d'approfondir le mystère de cette intervention céleste, de tenir compte des avertissements et des conseils de la Mère de Dieu pour ramener et conduire le peuple de Marie dans les voies de l'Evangile et de la sainteté, de réaliser la demande de la fondation de l'Ordre des Apôtres des derniers temps destiné à régénérer le sacerdoce, toute la société chrétienne et d'établir le Règne du Christ Roi par Marie, OUI, trois fois OUI.

Mais que ce membre de la hiérarchie, l'Ordinaire du lieu, refuse de donner un statut particulier aux deux témoins, qui leur aurait permis d'accomplir dans l'Eglise la mission à eux donnée, sans limite de temps ni de moyens, par la Très Sainte Vierge, NON, trois fois NON.

Par le fait, Mgr Ginoulhiac opposait son veto épiscopal à l'ordre deux fois donné aux voyants par la Mère de Dieu : « *Et bien, mes enfants, vous le ferez passer à tout mon peuple !* »

Le père Stern est dans le ton en disant que le secret « était pour elle seule ». Mensonge et insanité qui sautent aux yeux de quiconque lit le secret sans a priori, avec un minimum d'esprit chrétien et de lucidité sur le cours des évènements.

QUATRIÈME ACTE.

Si Mélanie enfreignait le silence imposé, tout ce qu'elle dirait désormais ne viendrait pas de la T.S.V. Marie et ne pourrait être attribué qu'à son imagination débordante et délirante. Aussi Mgr Ginoulhiac déclara au Père Sibillat, quatre ans avant l'année où Mélanie pouvait, d'ordre de la Très Sainte Vierge publier son Secret : « C'est une orgueilleuse, une illusionnée et une folle. » ; lui-même termina sa vie dans la démence en jouant à la poupée.

CONSÉQUENCE.

Le Secret que Mélanie commença à divulguer dès son retour en France et dont elle rédigera le texte définitif en 1878 ne serait que le produit d'un pauvre cerveau déréglé. Cette grave accusation fera florès. En voici un florilège que Jean Stern n'a pas inventé mais qu'il fait sien.

Pointes hystériques... imagination exaltée par l'influence des faux mystiques qui l'entourent... (Gaëtan Bernoville)

Rouerie...délire... cabotinage...chantage... la pauvre égarée qui se fait centre... son complexe morbide...sa faculté anormale de fabulation... pauvre femme... pauvre égarée... au délire mi-spontané, mi-provoqué... fugue mentale...elle dénigre... elle a le stigmate de l'hystérie... elle est gênée par l'infériorité sociale de sa famille, etc. (feu le père Jean Jaouen « maître ès sciences salettines » du père Jean Stern)

Un ange est entré à Corenc, une malade en est sortie... (Henri Voilin, ms)

Paroles simplistes... (le Secret, Bernard Fellay, ancien supérieur général de la FSSPX).

Paroles étranges... (abbé de Tanouärn, FSSPX).

Supposée prophétie... (le Secret, abbé Gleize, professeur de dogme à Ecône, FSSPX).

On en trouve d'autres sous la plume des abbés Belmont (*instable, désobéissante…*) Ricossa (*le contenu du Secret a été condamné quatre fois*), tous deux transfuges de la FSSPX, etc.

Le lecteur voudra bien me pardonner de mettre sous ses yeux ces vomissements du diable. Ils sont des embûches au talon de l'Immaculée.

Par ces procédés, les pères de la Salette se considèrent seuls juges pour déterminer où finit la fidélité et où commence le déséquilibre de Mélanie ; sa fidélité consistant dans l'exclusive diffusion du message public, encore qu'ils s'en soient emparés pour le bidouiller à leur sauce modernisto-conciliaire, et sans lequel ils n'ont plus de raison d'être, et son pseudo-déséquilibre justifiant le rejet du Secret qu'il s'agit d'étouffer.

Pourquoi l'étouffer ? Parce qu'ils se sentent visés par le blâme de Notre-Dame au clergé et aux princes de l'Eglise et qu'ils veulent cacher à tout prix aux âmes que nous sommes à la fin des temps, les empêchant ainsi d'y voir clair et de se convertir.

Ne voulant pas en rester là, un troisième message fut adressé au père Stern :

« Si j'ai bien compris, Père, vous ne pensez pas que le texte de 1999 est un faux, mais que l'absence des deux dates s'explique par un sérieux dérèglement psychologique chez Mélanie.
Voilà qui me plonge dans un douloureux embarras.
Dois-je croire que Mgr de Bruillard a fait une sottise et une inconvenance en transmettant à Pie IX la 2° rédaction sans aucune date, alors qu'il n'ignorait pas que Mélanie regrettait de n'en avoir mis qu'une dans la première rédaction ?
Dois-je croire que l'illustre Léon XIII a fait une double bourde en commandant à Mélanie de rédiger, à Rome même, le règle et les constitutions de l'ordre religieux demandé par la T.S. vierge, et en demandant à Maître Nicolas de rédiger un commentaire du Secret tout entier afin que le public le comprenne bien ?
Pour ne citer que ces faits.
Saint Jean dit : « La vérité vous rendra libres ».
Qui dit la vérité ?
Saint Pie X, qui demandait des nouvelles de Mélanie, "nostra santa", à Mgr Cecchini ? Le chanoine A. di Francia, qui avait pris Mélanie pour cofondatrice des sœurs du Divin Zèle ?
Sinon, qui ?
[…]

Troisième réponse du père Stern :

« *Les deux lettres remises en juillet 1851 au bienheureux Pie 9 ont été conservées dans ses archives personnelles. En 1946 ces deux lettres ont été transférées au Saint-Office. Ci-joint la lettre de Mélanie, texte recopié sur l'original que j'ai pu consulter aux*

archives historiques du Saint-Office. Quant à Mgr de Bruillard, il a cru en toute bonne foi que le pape voulait qu'on lui communique les secrets reçus par Maximin et Mélanie. En réalité, le bienheureux Pie 9 avait simplement accepté qu'on les lui envoie, ce qui est tout différent.
[...]
Jean Stern, ms. »

Pièce annexée à cette réponse : la copie annoncée ci-dessus, identique au texte découvert par l'abbé Corteville, sauf que Stern a cru bon d'en corriger les fautes de Mélanie !

Que penser de cette troisième réponse ?

Ami lecteur, vous avez bien lu : le père Stern a consulté les secrets dans les Archives du Saint-Office et il les y a même recopiés, alors qu'il affirmait qu'ils étaient introuvables (*supra* p. 13) ! Nous y reviendrons.

Passons sur l'inutile redite du commandement ou de l'acception de Pie IX et sur le parcours des documents dans les archives. Considérons l'image d'un Mgr de Bruillard bonasse et manquant de jugement. La réalité est bien différente.

Dans sa préface au deuxième tome des *Documents Authentiques* de Stern, l'évêque Louis Dufaux écrit : « Conscient des responsabilités que lui imposait sa charge, il [Mgr de Bruillard] avait commencé par attendre et s'informer, car tout ce qui brille n'est pas forcément de l'or, pour ensuite discerner et, le moment venu, se prononcer publiquement et agir[17]. »

L'enquête diligentée par Mgr de Bruillard se prolongea cinq ans, au point que certains de ses prêtres lui reprochaient sa lenteur.

Voici en contre-point un avis, qui pourrait être cocasse, selon lequel l'enquête aurait été bâclée !

« Un historien estimé [selon Jean Jaouen, on va comprendre pourquoi !], le Père Thurston, sj, ne cachait pas son malaise devant la très peu satisfaisante carrière fournie par les deux voyants :

> « *Le Mandement de Mgr de Bruillard est de 1851. A cette date, les enfants n'étaient guère que des enfants [en retard pour leur âge ?]. Mélanie avait vingt ans, Maximin seize. La vie s'ouvrait devant eux. Personne ne pouvait dire alors la tournure qu'elle prendrait pour chacun… J'ose penser que si l'évêque de Grenoble avec les membres de la commission, avait pu prévoir ce que serait par la suite la carrière des deux voyants, il aurait hésité beaucoup plus longtemps avant de se prononcer en leur faveur*[18]. »

---

[17] Stern, D.A., tome. II, Préface, p. XVII, Cerf, 1990.

[18] *The Month*, déc. 1933, cité par Jaouen, *La grâce de la Salette au regard de l'Eglise,* p. 243.

Partant du principe que les voyants, humainement parlant, sont restés à ses yeux de prêtre fort médiocres, sans réussite ni promotion sociale et, moralement et spirituellement peu édifiants, l'auteur *estimé* pense que si Mgr de Bruillard et sa Commission d'enquête avaient temporisé dix ans ou 20 ans, l'Apparition de la Mère de Dieu aurait été déclarée fausse [dans la mesure évidemment où ils auraient eu les mêmes critères de jugement que ceux de H. Thurston, s.j.]. Lacunes et vices de forme invalideraient donc la conclusion canonique. En clair, ce prêtre qui, lui, juge avec un recul suffisant, nie l'authenticité de l'Apparition et accuse Mgr de Bruillard sinon d'incompétence, du moins de légèreté et de précipitation. Ce faisant, il met en cause le pape Pie IX et le cardinal Lambruschini, préfet de la Congrégation des Rites, qui ont donné leur accord à l'évêque diocésain. Par réaction en chaîne, les papes, les prélats, les prêtres, les religieux, les confesseurs de Mélanie, et ils sont très nombreux, quelles que soient leur piété, la profondeur de leur doctrine, la sûreté de leur jugement se sont fourvoyés ! Peut-on dire plus nettement que la Mère de Dieu a mal choisi ses deux élus et particulièrement Mélanie[19] !

---

[19] Maurice Canioni, *Le Triomphe de Notre-Dame de la Salette en et par ses deux Témoins,* AEMC, 2018.

L'ingénieur François-Benjamin Dausse, proche de l'évêque et témoin de la rédaction du Secret, accompagna Mélanie chez Monseigneur. Elle le lui remit et lui offrit de le lire. Il le prit et s'en alla le lire dans sa chambre. « Il est revenu rouge, rapporte Dausse, en larmes, saisi, il l'a rendu pour le sceller sans en rien dire[20]. »

Quatre mois plus tard, Mgr de Bruillard écrivait à Mgr Clausel de Montals :

> « Le Saint-Père a été le dépositaire du secret si invariablement gardé par les deux bergers, pendant l'espace de cinq ans. Il a lu avec un effroi très sensible celui surtout que lui a envoyé la jeune fille, (devenue une novice très fervente) ; il l'a communiqué à son éminence le cardinal Lambruschini. Quant aux secrets, ils ont ému Sa Sainteté. Il paraîtrait que de grands malheurs ont été annoncés, et certes, depuis la révolution de Février 1848, ils ont commencé à s'accomplir. J'espère toujours que la protection de Marie nous sauvera[21]. »

L'abbé Corteville commente :

« Mgr de Bruillard met dans la foulée de la réaction de Pie IX un commentaire qui lui est propre sur le début de l'accomplissement des Secrets : au dehors de ses proches, il n'est pas sensé les avoir lus. L'évêque

---

[20] Cité par M. Corteville, *Op., cit.*, t. 1, p. 168.
[21] *Ibid.*, pp. 168-169.

confirme ainsi les propos de son mandement, fondé sur l'écho de la lecture pontificale mais aussi personnelle des textes. **A l'heure du discernement décisif, entre l'évêque et le pape, la communion de pensée est dans la logique de l'Esprit**[-Saint][22]. »

Par prudence, Mgr de Bruillard avait soumis à Rome, par l'intermédiaire de l'abbé Rousselot, le mandement qu'il avait rédigé avant de le publier. La réponse lui vint du cardinal Lambruschini :

> « Monsieur l'abbé, j'ai reçu avec votre lettre du 17 septembre le projet le mandement que désire publier **le savant et pieux évêque de Grenoble** par rapport au fait qui a eu lieu sur une des montagnes de son diocèse. Aussitôt que mes occupations et ma faible santé l'ont permis, j'ai lu très attentivement ledit mandement, et voici mon avis. Le prélat raconte le fait de La Salette, certainement extraordinaire, sans prévention, et avec une exactitude historique tant recommandée dans la Sainte Ecriture et d'après les règles de la Sainte Eglise. Tout va très bien et la lecture n'a rien laissé à désirer surtout pour l'examen de l'évènement qui a été poussé avec une édifiante et tout à fait louable rigueur [...][23] »

Considérons à présent le silence de Jean Stern sur les deux papes cités, Léon XIII et Saint Pie X ; sur les deux évêques cités, Mgr Petagna et Mgr Zola, et sur le

---

[22]*Ibid.*, p. 169.
[23] Bassette, *Le Fait de La Salette*, p. 253.

chanoine A. di Francia. L'archiviste émérite aurait été mal venu de les traiter de la même façon que Mgr de Bruillard : *Ils ont cru bien faire* ! Alors, plutôt que de contredire d'éminents témoignages qui lui donnent tort, mieux vaut garder le silence.

Mgr Zola, avait fait examiner le récit de l'Apparition et le Secret rédigés par Mélanie par sa curie épiscopale suivant les règles de l'Eglise. Son Vicaire Général, n'ayant trouvé aucune raison qui put s'opposer à la publication du secret, délivra sa licence d'imprimer en 1879. Voici le sentiment de l'évêque de Lecce sur Mélanie :

> « Cette pieuse jeune fille, cette âme vertueuse et privilégiée que l'esprit des méchants a cherché à avilir en la faisant l'objectif de ses détestables et grossières calomnies, et de son orgueilleux dédain, je puis attester devant Dieu qu'elle n'est, en aucune manière, ni fourbe, ni folle, ni illusionnée, ni orgueilleuse, ni intéressée. J'ai eu au contraire, comme avant, Mgr Petagna lui-même et d'autres très dignes prélats qui avaient eu l'occasion de conférer avec elle, l'occasion d'admirer les vertus de son âme ainsi que les qualités de son esprit, pendant toute cette période de temps que je l'eus sous ma direction spirituelle, c'est-à-dire de 1868 jusqu'à 1873. A cette époque, à la suite de ma promotion de Supérieur des Chanoines Réguliers à l'évêché d'Ugento, ne pouvant désormais m'occuper de sa direction, j'ai voulu toutefois continuer avec elle des relations écrites. Je puis affirmer que, jusqu'à ce moment, sa vie édifiante, ses

vertus, ses écrits, ont gravé profondément dans mon cœur les sentiments de respects et d'admiration que je dois garder bien justement à son égard[24]. »

Dans une lettre à l'abbé Isidore Roubaud, en date du 24 mai 1880, Mgr Zola écrit :

« Je vous dirai encore que pendant plusieurs années, étant l'Abbé des Chanoines réguliers de Latran à Sainte-Marie de Piedigrotta, à Naples, en ma qualité de Supérieur de cet Ordre, j'eus l'occasion d'entretenir des relations avec de vénérables prélats et princes de l'Eglise Romaine. Ils étaient assez bien informés à l'égard de Mélanie et de son secret ; ils avaient reçu presque tous le document. Eh bien ! tous, pas un seul excepté, portèrent un jugement tout-à-fait favorable à cette divine révélation et à l'authenticité du secret. Je me borne à vous citer entre autres : Mgr Petagna, évêque de Castellamare di Stabia, qui tenait sous sa tutelle, depuis quelques années, la bonne Bergère de la Salette ; Mgr Mariano Ricciardo , archevêque de Sorrento ; Son Eminence le Cardinal Guidi ; Son Eminence le Cardinal Xyste Riaro Sforza, Archevêque de Naples… Ces saints et vénérables Pasteurs m'ont parlé toujours de façon à me confirmer profondément dans ma croyance, devenue désormais inébranlable, **à la divinité des révélations renfermées dans le Secret de la Bergère de la Salette**. Je tiens aussi, de source certaine, que notre Saint-Père Léon

---

[24] Lettre de Mgr L-S Zola, évêque de Lecce, au R. P. Jean Kunzlé, Directeur Général des Prêtres adorateurs de la Suisse, de l'Allemagne et de l'Autriche-Hongrie, à Feldkirch (Autriche), le 5 Mars 1896.

XIII a également reçu ce même document tout entier[25]. » (J'ai souligné)

C'est parfaitement exact et Léon XIII a demandé à Maître Amédée Nicolas de rédiger une explication du Secret tout entier afin que le public le comprenne bien[26]. »

Cinq Papes ont laissé circuler le Secret, de Pie IX à Pie XII, parfois avec des bénédictions aux auteurs le diffusant ou des encouragements comme nous venons de le voir.

Ces Papes, ces Princes de l'Eglise, beaucoup de doctes et pieux prêtres, de fervents laïcs[27], auraient-ils tous « *cru bien faire* » ? Ne serait-ce pas plutôt les contempteurs de la Révélation de Marie, les calomniateurs de Mélanie qui *font mal* ?

Avant d'aborder la Conclusion de ce travail, il faut en terminer avec la troisième réponse de Jean Stern, ms, et ce sera la dernière surprise, pas la plus mince !

---

[25] Fernand Corteville, *La Bergère de Notre-Dame de la Salette et le Serviteur de Dieu Mgr Zola, Evêque de Lecce*, Office Général du livre, Paris, 1981.

[26] Ce texte est intégralement inséré dans mon livre *La Femme et le Dragon*, chez l'auteur (dédicacé) ou à DPF-Chiré.

[27] Beaucoup sont nommés in *La Femme et le Dragon.* On trouvera aussi dans ce livre un chapitre spécial sur la fin tragique de plusieurs opposants au divin Secret.

Le lecteur se souvient que Jean Stern a écrit :

« *Les lettres écrites par Maximin et Mélanie (…) sont devenues accessibles, depuis que les archives historiques de la Congrégation pour la Doctrine de la foi ont été ouvertes aux chercheurs, il y a dix ou vingt ans.* » Ensuite, qu'il a précisé dans sa 3ème réponse : « *En 1946, ces deux lettres ont été transférées au Saint-Office.* »

Dans le 3ème tome de ses *Documents Authentiques*, page 57, note de bas de page 46, on lit :

« *Les deux lettres censées contenir* [!?] *les secrets et remises à Pie IX le 18 juillet 1851, ne se trouvent plus parmi les autres papiers de ce pape conservés aux Archives secrètes du Vatican.* » Suit un renvoi au document 829 bis, page 303.

Que dit ce document ?

« *Attestation Rousselot ; il a remis à Pie IX une lettre de Mgr de Bruillard avec les secrets. — Rome, Congrégation pour la Doctrine de la foi.* »

Le Saint-Office, jugé trop sévère et autoritaire voire inquisitorial [!] par les novateurs, fut supprimé par Montini-Paul VI en 1965. La Congrégation pour la Doctrine de la foi lui succéda.

Les deux lettres, **qui sont** les secrets et non *censées* les contenir, ont donc bien été remises à Pie IX, placées dans les Archives secrètes de ce Pape, d'où elles ont été transférées dans les Archives du Saint-Office en mai

1946, puis dans celle de la Congrégation pour la Doctrine de la foi en 1965.

Cela étant bien clair, revenons à Stern :

> « *Les recherches entreprises sur notre demande aux archives de la Congrégation pour la Doctrine de la foi (l'ancien Saint-Office) n'ont pas permis de retrouver les 'secrets' de 1851. Le dossier "La Salette" de ce dicastère ne contient qu'un seul document pour la période 1846-1854 : une attestation de Rousselot de 1851 (doc. 829 bis)* [28]. »

L'abbé Corteville confirme lui-même ce fait. A la question posée par son co-auteur René Laurentin :

— En arrivant à Rome, pensiez-vous découvrir les secrets autographes envoyés au pape Pie IX par l'évêque de Grenoble ?

> — Non, [répond l'abbé Corteville], car l'archiviste [du Vatican] avait déjà répondu il y a dix ans [donc en 1989] au père Stern, archiviste émérite des Missionnaires de La Salette, que ces pièces ne figuraient pas au dossier. Chacun en avait fait son deuil[29]. »

---

[28] Jean Stern, *Documents Authentiques*, tome III, p. 57, bas de note 46, Cerf, 1990.

[29] René Laurentin et Michel Corteville, *Découverte du Secret de La Salette*, ch. II, p .23, Fayard, 2002.

Quand Stern a-t-il écrit ? Forcément avant 1990, puisqu'il a reçu l'imprimatur cette année-là pour son second tome. Or, que le lecteur le remarque bien, Stern affirme dans sa troisième réponse :

> « *Ci-joint la lettre de Mélanie,* ***texte recopié sur l'original que j'ai pu consulter aux archives historiques du Saint-Office.*** » (*Supra*, p. 27 —J'ai souligné)

Est-il possible que Stern, qui n'était pas encore archiviste (il préparait son doctorat en théologie), ait consulté avant 1965 les Archives du S-O où les secrets étaient introuvables et pris copie de celui de Mélanie, et ce, avant leur transfert à la Congrégation pour la Doctrine de la foi dont les Archives ne seront ouvertes aux chercheurs qu'en 1998 ?

Si Stern avait vraiment trouvé les secrets au S-O avant 1965, dans ce cas, ce serait lui le premier découvreur et non l'abbé Corteville et pourquoi est-il allé ensuite consulter la Congrégation pour la Doctrine de la foi où il savait ne pas les y trouver ? « … *ce dicastère ne contient qu'un seul document pour la période 1846-1854 : une attestation de Rousselot de 1851* » ; un seul document, c'est-à-dire la lettre de l'abbé Rousselot sans les secrets.

Jean Stern affirme en même temps et sans vergogne ***qu'il a pu prendre*** (seulement) ***connaissance*** [des secrets] ***depuis que les archives historiques de la Congrégation de la foi ont été ouvertes au public***[30] ou ***aux chercheurs*** (*1ère réponse*, *supra*, page 17-, en 1998, donc après la publication de son livre en 1991, mais qu'***il avait recopié*** [le secret de Mélanie] ***sur l'original consulté aux archives historiques du Saint-Office*** (donc avant 1965, *3ème réponse* - J'ai souligné -.

Cette contradiction est un énorme mensonge !

N'est-il pas étrange que les secrets, introuvables jusqu'en 1989 (sauf pour Stern avant 1965 mais aussi pour lui après !?) réapparaissent dès l'ouverture des Archives en 1998 ? L'abbé Corteville dit avoir « dépoussiéré des liasses qui n'avaient pas été touchées depuis dix ou vingt ans »[31]. 1989 ou 1979. Elles avaient donc été compulsées avant l'une de ces deux décennies, pourquoi et par qui ?

Que d'incohérences et de zones d'ombre que, seul, **le mensonge** et le **tripatouillage** de documents peuvent expliquer.

---

29 *Le curé d'Ars et le message authentique de La Salette*, p. 83, L'Harmattan, 2018 et *1ère réponse.*

31 Laurentin et Corteville, *Op.*, *cit.*, p. 24.

CONCLUSION.

L'absence des deux dates différenciant deux villes est totalement anormale. **Elle prouve irréfutablement que le "secret" découvert par l'abbé Corteville est un FAUX.**

L'abbé Corteville en convient-il ou non ? En tout cas, il n'a pas répondu à la demande d'explication. Pourtant, un fait est un fait. Quoi qu'il en soit, il ne peut arguer de la même explication que J. Stern, car il n'est pas d'accord avec lui sur ce point. Citons-le :

« Pour cet auteur parfaitement documenté [Jean Stern], le Secret de Mélanie écrit pour Pie IX est nul et non advenu : « *avec le secret de juillet 1851, rédigé par une pauvre enfant plus ou moins troublé* [c'est son leitmotiv], *on est loin du secret confié en 1846 par la seule* [?] *Dame, avec interdiction de le communiquer à qui que ce soit* [sauf après 1858] (D.A., III, p. 55) »

J'ouvre une parenthèse pour une remarque. On croirait bien que J. Stern était présent lors de l'Apparition et a tout vu et tout entendu. Veut-il nous convaincre par cet étrange propos qu'il a bien vu le

Secret avant 1965 ? Car celui de 1999 ne sera dévoilé que 8 ans après la publication de son livre !

« Un tel camouflet, poursuit l'abbé Corteville, embrassant la voyante qui s'exécute et les autorités qui lui commandent, est d'une force rare. Au contraire, dans un livre qui voulait également faire autorité, un autre écrivain non "mélaniste" [Jean Jaouen, *La grâce de la Salette au regard de l'Eglise*], se félicitait des démarches patronnées par Mgr de Bruillard. Sur la rédaction des Secrets par les deux bergers, puis leur envoi à Rome et leur accueil favorable, pas de critiques chez J. Jaouen : il retrace la dernière procédure de l'enquête avec satisfaction et respect. [...]

« Les réserves de J. Stern visent également les responsables diocésains : "*dans l'affaire des secrets* [le Vicaire général honoraire] *Rousselot a lui aussi manqué de sens critique, et, avec lui,* [le chancelier] *Auvergne,* [le saint curé de la cathédrale] *Gerin et jusqu'à Mgr de Bruillard* " [C'est bien ce que nous avions compris !].

« Mais pourquoi ces mêmes personnages, qui manquent de sens critique sur une simple partie du message, ne se tromperaient-ils pas sur l'apparition toute entière ? »

Pertinente remarque car, du Fait de l'apparition et du Secret, c'est tout un. Mais, précisément, les opposants disqualifient Mélanie pour cause de maladie mentale afin de faire du Secret un chiffon de papier et en tirer prétexte de dissocier celui-ci de l'apparition. Le tour est joué ! Nous ne sommes pas dupes. Comme disait Mgr Zola : « les *ennemis du Secret sont les ennemis de Notre-Dame de la Salette* ».

Restent plusieurs questions. Pourquoi avoir supprimé ces deux dates ? Est-ce une simple omission du faussaire ou pour une raison précise ? Quelles autres choses ont été supprimées ou modifiées ? Ce qui a été modifié et/ou supprimé ne rendait-il pas incontestable l'origine divine du secret ?

Parvenu au terme de nos brèves mais suffisantes investigations, la conclusion s'impose : la seule explication possible et admissible de l'anomalie est celle-ci : le véritable Secret de Mélanie remis à Pie IX a été caché ou détruit,

UN FAUX SECRET LUI A ÉTÉ SUBSTITUÉ.

Voilà l'imposture !

C'est le résultat de 160 ans environ de guerre à la très sainte Mère de Dieu.

« *Je mettrai des inimitiés entre toi et la femme, entre ta postérité et sa postérité : elle te brisera la tête, et toi, tu lui tendras des embûches au talon.* » (*Gen.*, III, 15)

Après lecture de la présente plaquette, un ami me dit que la confusion est déjà assez grande sans y ajouter cette accusation de faux secret.

La confusion n'a-t-elle pas été engendrée par le mensonge, la calomnie, la dénaturation de la vérité historique, l'incrédulité, l'hostilité ? Qui est responsable de la confusion depuis au moins 1860 et jusqu'à aujourd'hui, sinon un certain clergé et un certain épiscopat ? N'a-t-on pas le devoir de dissiper la confusion en luttant pour rétablir la vérité ? Combattons sans trêve ni relâche contre le mensonge, la calomnie, la dénaturation de la vérité historique, l'incrédulité, l'hostilité, il n'y a pas d'autre moyen de chasser la confusion car celle-ci ne craint rien tant que la lumière de la vérité et que de voir arracher leurs maques aux coupables.

Cela étant précisé, tout en reconnaissant que l'intérêt de connaître ou non le véritable Secret remis à Pie IX reste un élément accessoire dans l'Histoire de La Salette, il faut bien comprendre que si les autorités de Vatican II ont falsifié le secret de 1851, c'est pour leur permettre d'affirmer que le Secret définitif de 1879 n'a pas été donné par la Bienheureuse Vierge Marie, mais qu'il est le produit du *délire* et de *la facuté anormale de fabulation* de Mélanie, autrement dit d'une folle (*dixit* Mgr Ginoulhiac en 1855)).

Le Secret de 1851 était destiné au Pape seul.

Ce que la Bienheureuse Vierge Marie a ordonné de faire passer à tout son peuple, c'est le Secret tout entier que Mélanie a publié en 1879 avec l'i*mprimatur* de Mgr Zola et l'assentiment de plusieurs Papes.

> « J*e verrai avec grand plaisir, écrit Mélanie, le Secret circuler à pleins bords ; plus il se répandra, plus il éveillera de salutaires craintes et de nombreux retours à Dieu. Marie bénira ceux qui aideront à sa diffusion, car Elle veut formellement qu'on le fasse passer à tout son peuple. Nous sommes punis pour avoir négligé cet ordre absolu de la Mère de Dieu.* »

Qu'adviendra-t-il au peuple de Marie si on lui cache les justes reproches, les exhortations, les menaces prophétiques mais comminatoires et les conseils de la Mère de Dieu ? Calomnier odieusement Mélanie[32] pour

[32] La grâce suprême qu'elle demandera sera d'être méprisée durant sa vie et après sa mort. Sa vie tout entière fut la sublime réalisation de ce

jeter le Secret d'origine divine dans les égouts du modernisme et de l'esprit conciliaire, c'est au moins mépriser les larmes de notre Mère et priver les fidèles du secours que contient ce Secret pour le bien et le salut des âmes. En empêcher la diffusion, c'est méconnaître le sens « *prophétique de ce moyen de salut, selon sa finalité surnaturelle* » (Raimondo Manzini, ex-Directeur honoraire de l'*Ossevatore Romano*)

Là est l'enjeu véritable. Mais il y a plus. A *la Grande Nouvelle* est attaché le remède à nos maux, prescrit, voulu et donné par la Toute Miséricordieuse : l'Ordre des Apôtres des derniers temps. En effet, si la *Grande Nouvelle* est le diagnostic des maux qui accablent l'Eglise, la chrétienté et le monde, le nouvel Ordre religieux est le remède prescrit par le céleste Médecin et la Règle le mode d'emploi du remède.

> « *Le but de ce nouvel Ordre religieux est de travailler à la sanctification du clergé, à la conversion des pécheurs, et d'étendre le Règne de Dieu par toute la terre... Quant à l'esprit de cet Ordre, ce doit être l'esprit des premiers Apôtres...* (Lettre de Mélanie à l'Abbé E. Le Baillif) »

---

vœu de sa petite enfance : « Je veux ressembler au crucifix de mon père : souffrir et me taire ! » Mais malheur par qui le scandale arrive !

Dans la "Vue" qui illustrait les paroles de Notre-Dame, la Bergère vit que *« Dieu voulait que cet Ordre luttât contre les abus qui ont amené la décadence du Clergé et de l'état religieux et la ruine de la Société chrétienne…* (*Ibid.*) *»*

De ces citations, il appert que Secret, Ordre et Règle sont les trois phases d'une salvatrice et miséricordieuse action divine que l'on inhibe et que l'on dénature en étouffant, en diffamant et en séparant la première du miracle de l'Apparition. Le rôle de l'Ordre et de la Règle était de constituer un rempart contre l'Apostasie qui se dessinait déjà il y a 150 ans, et de régénérer l'Eglise et la société chrétienne. Au début du XXème siècle, saint Pie X dénonçait avec force et angoisse le péril grandissant de l'Apostasie :

> « *Si grande est l'audace et si grande la rage avec laquelle on se rue partout à l'attaque de la Religion, on bat en brèche les dogmes de la foi, on tend d'un effort obstiné à anéantir tout rapport de l'homme avec la divinité. En revanche, et c'est là, au dire du même Apôtre* [Saint Paul], *le caractère de l'Antéchrist, l'homme, avec une témérité sans nom, a usurpé la place du Créateur, en s'élevant au-dessus de tout ce qui porte le nom de Dieu* (Encyclique *E Supremi Apostolatus Cathedra*, 4.10.1903). »

Le 1er mai 2021
Saint Joseph,
Artisan, époux de la B. V. Marie.

Appendice 1[33]

Dernière lettre de la Bergère de la Salette à l'abbé Combe, curé de Diou (Allier)

Altamura, le 13 décembe 1904
(veille de sa mort)

Mon très Révérend et très cher Père,
Que jésus soit aimé de tous les cœurs !

… Vous êtes toujours découragé, dites-vous, mon très cher Père, et cependant bien mieux que moi vous savez que le découragement ne vient pas de Dieu. Vous avez votre cure, et surtout vos paroissiens à évangéliser, à catéchiser, vos malades à visiter, vos pauvres à soulager : c'est là le sacré devoir de tout prêtre qui connaît sa haute mission. Pour l'amour de Dieu, affectionnez-vous à vos paroissiens, ne les brusquez pas, aimez-les, aimez leurs âmes, pour qui notre très Amoureux Jésus a donné tout son sang.

---

33 Les Appendices 1 à 5 sont tirées du livret rédigé en 1954 par l'abbé Paul Gouin, curé d'Avoise (Sarthe) de 1930 à 1968, historien de la Salette.

Il en coûte, sans doute, mais sachez qu'avant de mourir il faut mourir plus de cent fois par la violence faite à notre pauvre et misérable nature portée à se satisfaire : par la patience à supporter avec douceur les pauvres paysans, souvent privés d'instruction religieuse, par la patience et la douceur envers tous.

Et à part ce que le prêtre doit aux âmes confiées à ses soins, n'a-t-il pas pour ces âmes et pour lui-même des supplications ardentes à présenter au Très-Haut ; le chapelet, l'office divin, la méditation ou, au moins la lecture spirituelle, et pratique d'un livre sérieux ? Oh ! non le bon prêtre ne s'ennuie jamais ; il n'a pas le temps de s'ennuyer, ni de se décourager, non, jamais.

... Je proteste de tout mon pouvoir contre la publication de la Règle et de la Vue d'autant plus que je n'ai jamais reçu l'ordre de donner les perles aux chiens. Oh ! prudence, combien tu es bafouée !...

Je vous salue et salue tous nos amis et vous prie, mon très Révérend Père et cher Père, de bénir votre très affectueuse, infime servante inutile.

Calvat

P.S. Allegramente, faisons tout le bien que nous pouvons, sauvons les âmes, sauvons-les avec de grands sacrifices, avec grande patiente et douceur, oublions-nous pour les âmes.

Appendice 2

Un portrait de Mgr Philibert de Bruillard
Par l'abbé Paul Gouin.

L'évêque de Grenoble était [au moment de l'Apparition] Mgr de Bruillard. Depuis 1826 à la tête du diocèse, il avait quatre-vingts ans passés, mais sa verdeur physique et son énergie morale étaient telles que son âge n'avait rien entamé de son activité pastorale.

Mgr de Bruillard était une des plus belles figures du haut clergé de France et une des plus nobles exceptions parmi l'épiscopat concordataire et fonctionnarisé de son temps. Sa haute allure aristocratique se tempérait de tant d'affable générosité qu'il était cher aux pauvres. Sa science théologique en faisait vraiment le docteur de ses prêtres ; et sa connaissance des âmes s'appuyait sur une longue et délicat expérience.

Le bruit courait qu'il était le fils naturel de Louis XV ; il en portait la ressemblance. Son lieu, sa date de naissance, sa première éducation à Dijon restaient imprécises. Ordonné prêtre dans la chapelle de l'archevêché de Paris en septembre 1789, ses fortes études au collège de Navarre et au séminaire de Saint-Sulpice semblaient le promettre au professorat.

En éclatant dès le mois suivant, la Révolution ferma ces établissements et transforma la destinée du nouveau prêtre. Il aurait pu prêter le serment constitutionnel, il aurait pu émigrer. Il demeura à Paris, indépendant, fidèle. Il y vécut caché sous des déguisements divers, échappa à l'incarcération, et toujours menacé, jamais pris, il devint l'un de ces héroïques aumôniers des condamnés à mort qui, chacun à leur tour, un jour par semaine, accompagnaient secrètement, mêlés à la foule, les charrettes jusqu'à la guillotine, guettant sur les lèvres et dans les yeux des suppliciés l'appel de l'âme et y répondant par la prière sacerdotale et l'absolution suprême.

Le jour de « Monsieur Philibert » était le mercredi. Il assista à la mort de Louis XVI, il donna, dit-on, sur le parcours de la charrette, l'absolution à Marie-Antoinette. Il se dépensait aussi, courant Paris et banlieue — accoutré souvent en garde national (il avait été incorporé à la garde nationale et cela le préservait) au service des malades et des mourants sans assistance religieuse. Il dirigeait secrètement des religieuses éparses et quand la fin de la Terreur leur permit de rouvrir peu à peu, ici et là, de petites écoles, il s'en fit le chapelain. C'est ainsi qu'il connut et dirigea Madeleine-Sophie Barrat [béatifiée par saint Pie X et canonisée par Pie XI] et eut une grande part à l'orientation de cette âme choisie et à la fondation, par elle, de la Congrégation enseignante des Dames du Sacré-Cœur.

En 1803, il est chanoine de Notre-Dame de Paris ; en 1810, curé de Saint-Nicolas du Chardonnet ; en 1821, curé de Saint-Etienne du Mont, la paroisse de presque toute la jeunesse des grandes écoles. C'est de là que le ministère des Cultes l'envoya à Grenoble pour en administrer le vaste diocèse. Mgr de Bruillard depuis vingt ans, y avait manifesté autant de prudence que de fermeté. Aisément accessible à tous, patient et doux, il avait une haute conscience de son autorité, un sentiment profond de ses responsabilités. Souvent réfugié dans l'oraison, menant une vie mortifiée et pauvre, il disposait libéralement de sa fortune personnelle pour le bien de ses diocésains. Quand il fut instruit du fait de la Salette et de la situation des enfants, il se chargea de l'éducation de ceux-ci et même fit une petite pension aux parents de Mélanie.

Il ne voulut porter de jugement sur l'Apparition qu'après s'être entouré de toutes les précautions d'une impartiale critique. Mgr de Bruillard nomma d'abord, dès décembre 1846, deux commissions, l'une de chanoines, l'autre de professeurs, chargées d'examiner, séparément, toutes les pièces de l'instruction et d'en tirer, sans se concerter mutuellement, chacune son rapport.

Ces examens des interrogatoires des enfants, des circonstances de l'Apparition durèrent sept mois. Puis une commission unique de seize membres se réunit, durant huit séances sous la présidence de l'évêque. Là, l'opposition à la reconnaissance du miracle commença à se faire sentir sourdement. Son principal tenant était le curé de Saint-Joseph de Grenoble, l'abbé Cartellier. Mgr de Bruillard, loin de le contredire, se borna à le prier de préciser ses arguments. Il lui écrit (le 8 janvier 1848) : « J'attends de vous par écrit et promptement, si possible, communication des choses que vous avez apprises sur les enfants, qui jettent un nuage sur leur témoignage et vous le rendent suspect... » (Dossier Chaper, n° 44).

Ne trouvant pas de preuves de ses insinuations, il inventait le procédé, reproduit après lui tant de fois, de jeter le discrédit sur les voyants.

Mélanie surtout, moins aimable que Maximin, et plus énigmatique, est alors en butte aux allusions vagues, mais pernicieuses qui, s'infiltrant dans les conversations des uns et des autres, allaient bientôt l'atteindre et tenter de déformer son témoignage et de dénigrer sa personne[34].

L'enquête néanmoins aboutit au Mandement doctrinal par lequel Mgr de Bruillard concluait à la réalité miraculeuse de l'Apparition et autorisait les pèlerinages à la Salette. Signé le 19 septembre 1851 [donc cinq ans après le début de l'enquête], il fut lu en chaire dans tout le diocèse de Grenoble le 16 novembre suivant. Et en dépit de son grand âge, Mgr de Bruillard monta à cheval sur la sainte montagne et y déposa la première pierre du sanctuaire dédié à Notre-Dame de la Salette.

Pour le desservir, il y adjoignit un établissement de Missionnaires. L'approbation de Rome avait été envoyée à l'évêque de Grenoble dès le 7 octobre 1851. (Lettre du cardinal Lambruschini, Préfet de la Sainte Congrégation des Rites). Un récrit pontifical du 4 août 1852 consacra la faveur de l'autel privilégié au nouveau sanctuaire, qui sera plus tard (février 1879) érigé en Basilique[35].

---

[34] Près de Soixante-dix ans après cet écrit, on constate que les Voilin, Jaouen, Tochon, Stern et consorts sont les héritiers et les propagateurs sans scrupules de ce procédé mensonger et calomniateur.

[35] L'image d'un Mgr de Bruillard hâtif, irréfléchi, imprudent et qui *a cru bien faire* est totalement réduite à néant

Appendice 3

Quelques photographies de Mélanie, prises sur le vif

Mademoiselle des Brûlais[36] fit trois fois visite à Mélanie au couvent de la Providence à Corenc : en septembre 1851, en mai 1852, en septembre 1853. A la première de ses visites, Mélanie est encore postulante ; elle ne la voit qu'un instant ; mais elle écrit à une amie le jour même (21 septembre 1851) : « Cette jeune fille est un Ange qui semble ne plus tenir à la terre que par le corps, mais dont l'esprit et le cœur sont aux pieds de celui qui l'a ravie. »

A sa seconde visite, elle écrit : « Sœur Marie de la Croix est charmante dans son costume de novice qui s'harmonise parfaitement avec son maintien modeste et tout virginal. Je lui ai demandé si elle est contente que Monseigneur ait fondé une Congrégation de Notre-Dame de la Salette. « Oh ! oui, je suis bien contente de cela, m'a-t-elle répondu, et quand il y aura des

[36] Institutrice nantaise guérie miraculeusement à la Salette. Elle fit plusieurs fois le pèlerinage. Devenue l'amie des deux bergers, elle eut avec eux de nombreux entretiens pleins de confiance.

religieuses de Notre-Dame de la Salette, je serai encore plus contente[37]. » Elle a dit à quelqu'un : « Si j'étais prêtre, comme je prêcherai la pénitence ! ... »

Lors de sa troisième visite (1er octobre 1853) Mlle des Brûlais note : « Fidèle à la signification de son nom de religieuse, Sœur Marie de la Croix continue de témoigner d'un grand attrait pour les souffrances et un vif désir de la mort... Elle m'a paru triste... Ses supérieurs se louent de sa piété et de sa soumission aux observances de la Règle. Toutes les voix de la Communauté lui ont été favorables pour qu'elle prononçât ses vœux pendant la retraite générale qui vient de se faire à Corenc. Cependant... ses supérieurs ont jugés à propos de retarder cet heureux jour, objet des plus chers désirs de son cœur. La raison de ce délai, si pénible pour elle, est, dit-on, que Sœur Marie de la

[37] (Note du rédacteur) : Du carnet manuscrit de la mère de Maximy (la supérieure) : « Dans un pèlerinage que fit à la Salette Sœur Marie de la Croix en 1852, elle vint, à l'écart, sur le mont Planeau, derrière le chœur du sanctuaire... Elle aperçut, à l'extrémité de la plate-forme qui termine ce mont, une jolie petite fille... elle court à l'enfant qui lui semble bien aimable, l'embrasse et lie conversation avec elle... » « Il faut venir avec moi dans mon couvent, lui dit-elle. — Oui, mais je suis pauvre, dit l'enfant, et dans votre couvent on ne reçoit pas sans argent. — venez tout de même : ma Mère Thérèse de Jésus vous recevra bien sans argent. — Elle n'est pas supérieure, réplique l'enfant. — c'est vrai... mais quand il y aura un couvent à la Salette, vous y viendrez ? — Je le veux bien, mais à condition que j'en serai la Supérieure. » A ces mots l'enfant disparut et Sœur Marie de la Croix reconnut sa Mère du Ciel.

Croix ayant été détournée pendant la première année de son noviciat par de trop fréquentes visites, cette première année est considérée comme insuffisante. Le noviciat est de deux ans. »

Il y a une contradiction quelque peu surprenante entre l'unanimité favorable de la Communauté et la décision des Supérieurs. Et Mélanie est triste ! Que se passe-t-il ? Mgr Philibert vient de se retirer du siège épiscopal de Grenoble. Mgr Ginoulhiac lui a succédé. C'est lui qui inspire — pour ne pas dire impose — la décision des Supérieurs. Mélanie s'incline et se tait. Beaucoup plus tard, elle écrira dans une lettre à Mlle Vernet, le 3 juillet 1894 : « La pension qu'avait toujours payée pour moi Mgr de Bruillard aux Sœurs de la Providence fut suspendue à l'arrivée de Mgr Ginoulhiac. Tout fut changé. J'étais un être de trop. Je bénis la miséricorde de Dieu qui m'a tenue dans mon néant. Comme la pluie abaisse la poussière que les vents ont déplacée… ainsi les humiliations, les persécutions et les privations font entrer l'âme dans sa nullité… »

A Saint-Roch, on s'en souvient, avant de lui donner le mystique baiser, son *petit Frère* lui avait annoncé des « contradictions et des combats pour la vérité ». La contradiction vient. La lutte commence. Lors de la vision de la colombe, Mélanie n'avait-elle pas dit : « Je ne vois pas la Croix ? » Et son *petit Frère* ne lui avait-il pas répondu : « La Croix ? Je l'ai mise au-dedans et au-dehors. » La petite colombe, la « Victime de Jésus » va maintenant la sentir[38].

Appendice 4

Une Mélanie avisée et… polyglotte.

La Congrégation[39] avait en Grèce, dans l'île de Céphalonie, un orphelinat qui s'en allait à la dérive et au scandale sous la conduite d'un aumônier italien, suspect, exilé de Rome par le Pape Pie IX. Les Supérieures décidèrent d'envoyer là-bas l'Assistante de la Communauté, la Mère de la Présentation, et lui adjoignirent comme auxiliaire Mélanie. Mission inattendue. Comme pour le remplacement de la maîtresse d'école, n'avait-elle personne à qui confier cette tâche aventureuse[40] ? Mélanie paraissait-elle seule

---

38 Lire à ce sujet l'*Autobiographie de l'enfance de Mélanie*, depuis sa naissance jusqu'au moment de l'apparition. En vente chez M. Bernard Maugain, Association Maison de Mélanie, 5 Chemin de la mine, 03170 BEZENET ou à la maison natale de Mélanie, Chemin de la Côte à Corps.

39 La Congrégation des Religieuses de la Compassion, sise à Marseille. Cet Institut était destiné à recueillir des orphelines et à former des servantes. Il prenait aussi des pensionnaires libres ; c'est en cette qualité que Mélanie y fut admise à son retour d'Angleterre.

40 Son don d'apostolat perçait sans doute assez pour lui attirer l'intérêt du fondateur, le R-P Barthez, s.j., et la confiance de la Communauté.

de taille à s'en acquitter ? Voulait-on l'éloigner de France, ou désirait-on seulement l'enlever de la maison de Marseille où, à son insu, sans le vouloir, elle prenait trop d'influence ?

La seule chose certaine, c'est qu'elle réussit à arracher l'orphelinat à son indigne directeur, à liquider sa situation embarrassée et à le transférer dans une communauté de Compassionnistes, à Corfou. Elle avait quitté Marseille avec la Mère de la Présentation le 21 novembre 1851.

« Nous arrivâmes au milieu de la nuit, [raconta-t-elle à l'abbé Combe qui l'a noté dans son journal au 12 novembre 1902]. Une porte de communication existait entre le dortoir des filles et celui des garçons. Je refusai de me coucher avant qu'elle fût fermée. L'aumônier répondit qu'on verrait cela demain ; mais je ne voulus pas entendre ses raisons… on cloua des planches en travers de la porte…

— Vous avez discuté avec lui en italien ?

— Il le fallait bien !

On lui réclame bientôt des services ; on lui confie des charges importantes. Par exemple le Catéchisme aux novices converses. Un jour, on la pria de remplacer dans sa classe une religieuse malade, la voilà maîtresse d'école ! Mais il lui fallait prendre l'habit de la Congrégation, ce qu'elle refusa, mais voyant le Père si affligé de n'avoir personne pour remplacer la religieuse malade, Mélanie accepta sans engagement à rien.

— Vous saviez quelques mots d'italien ?

— Je ne savais pas un mot, mais il le fallait bien !

... C'est de ce moment qu'elle parle et écrit l'italien avec aisance, et même avec plus de correction que le français. Elle avait un accent si pur qu'on la croyait italienne, et même Toscane. Ce qui la poussait, c'était le souci de bien faire son devoir auprès des enfants, le uns italiens, les autres grecs, à qui elle faisait répéter leurs leçons. Pour cela, elle sut bientôt aussi assez de grec moderne. Cette mission dura vingt et un mois[41].

Appendice 5

Sa plus vive souffrance.

[Mélanie se rend à Diou, dans l'Allier, sur l'insistante invitation du curé Combe. Elle y restera de juin 1901 à août 1903, demeurant à quelques pas de l'église et de la cure.]

---

[41] Outre le patois de Corps, Mélanie parlait donc le français, l'italien, le grec moderne et l'anglais ! Voilà qui n'est pas si mal pour, disent ses détracteurs et autres désinformateurs, une intelligence médiocre, une mémoire rétive et un cerveau de folle. Et si l'Esprit-Saint s'en mêla, chose très probable, cela prouve que Mélanie était plus agréable à Dieu... qu'à certains de ses ministres.

D'abord incompréhensif, mais édifié, puis émerveillé devant ce qu'il a entrevu des profondeurs de la vie surnaturelle où tente de se tenir cachée l'âme de Mélanie, il [l'abbé Combe] cherche passionnément à en saisir l'insaisissable réalité. Inconsciemment, il y met une curiosité cruelle ; il accable son « sujet » de questions, lui réclame, souvent, par écrit, de longues réponses à ses interrogations ; il la tourmente pour qu'elle se presse de lui donner la traduction française de sa rédaction italienne de Messine [l'autobiographie de son enfance rédigée sur l'ordre du chanoine di Francia]. Bonne fille, soumise au Père qui lui est donné (votre Paternité, votre Révérence, lui dit-elle), elle tâche de s'exécuter. Mais sa finesse la garde de faire une transcription littérale : au chanoine Annibale on pouvait livrer l'épanchement des états de la contemplation infuse ; à l'abbé Combe, avide de faits et d'anecdotes, ce qu'il faut ce sont des détails historiques. Ainsi se compose, jour après jour, avec des annexes, des ajoutures, l'autobiographie de 1900. L'abbé Combe voudrait tout savoir ; il voudrait toucher, palper en quelque sorte, les phénomènes de la vie d'union au Christ qui est la vie secrète de Mélanie. Afin qu'elle se prête à ses investigations, il l'oblige à sortir de son muet recueillement de l'Avent et du Carême ; il se fait apporter par elle le linge qui a étanché la plaie de son côté — ses stigmates, à Diou, avaient recommencé à saigner jusqu'à l'épuiser. —Douloureuse, mais obéissante, elle collabore à cette collection documentaire que Combe avec une ténacité devenue presque fanatique accumule sur elle pour l'avenir, pourvu que cela serve à éclairer le divin message, à convertir les âmes, peu lui importe de subir le scalpel et la loupe de l'exigeant observateur.

Cependant, elle vieillit. Accoutumée au climat de l'Italie méridionale, elle souffre du froid et de l'humidité. Elle ressent parfois « des douleurs de mort » [Lettre au chanoine de Brandt des 28 janvier et 5 mars 1903]. Pour avoir essayé de faire et de prendre, comme tout le monde, un bouillon gras, elle est malade à mourir, le 25 janvier 1903, elle reçoit l'Extrême-Onction. « Très contente », écrit-elle au chanoine de Brandt le 28, pendant deux mois elle reste dolente et faible « trop heureuse de souffrir. »

Sa plus vive souffrance a une autre cause. L'incrédulité publique, le travail des dimanches, les blasphèmes perpétuels, lui sont des tortures. Les prêtres, pour retenir le peuple à l'église font des concessions qui ruinent la sainte crainte de Dieu ; elle reproche à Combe de permettre aux femmes d'entrer dans le confessionnal la tête nue ; glissement par les petites tolérances aux manquements graves et à la perte du sens du péché.

« *Ce ne sont pas les méchants qui m'attristent, mais bien l'apathie, l'indifférence criminelle de la société entière… Eh ! j'ai tant besoin de l'aide de mon Dieu ! et demain pas de messe ! C'est ainsi dans ce village quand le pasteur s'absente ! Triste pays ! Mauvais pays !* (Lettre à de Brandt, 13 novembre 1901)[42]. »

---

[42] « Sauf à être naïf ou aveugle, il est (…) évident qu'il y a une volonté au plus haut niveau de conduire à la guerre civile et au chaos. Cette vérité est certes difficile à croire, tellement elle est effrayante, elle est pourtant incontestable : les différents gouvernements successifs, les institutions actuelles travaillent activement à notre destruction, tant physique que mentale, tant culturelle que spirituelle, tant biologique que morale. L'Etat profond promeut l'ouverture du pays aux migrants, mais il veut que chacun de nous devienne un migrant dans son propre corps et dans sa tête ; un être qui peut sans cesse se transformer, se réinventer, changer, qui n'est ni homme ni femme, ni blanc ni noir, ni défini sexuellement, ni ethniquement, ni religieusement. Nous vivons l'époque effrayante de la disparition des frontières physiques mais aussi morales. Ce n'est pas un hasard si les sectateurs de l'ouverture totale des frontières sont aussi les militants du lobby LGBT, un acronyme qui chaque année s'enrichit, si j'ose dire, d'une lettre supplémentaire. N'existe-t-il pas une institution gouvernementale officielle qui s'appelle le DILCRAH : la Délégation interministérielle à la lutte contre le racisme, l'antisémitisme et la haine anti-LGBT ? C'est clair, le pouvoir est notre ennemi, travaille à notre ruine. (Editorial de Jérôme Bourbon in Rivarol n° 3469 du 28.04.2021). »

« *La sainte foi de Dieu étant oubliée, chaque individu voudra se guider par lui-même et être supérieur à ses semblables. On abolira les pouvoirs civils et ecclésiastiques, tout ordre et toute justice seront foulés aux pieds ; on ne verra qu'homicides, haine, jalousie, mensonge et discorde, sans amour pour la patrie ni pour la famille. […] Les gouvernements civils auront tous un même dessein, qui sera d'abolir et de faire disparaître tout principe religieux, pour faire place au*

A plusieurs reprises, elle a voulu partir, retourner en Italie. Dès le 3 avril 1901, elle écrivait à de Brandt : « Je demande qu'on me laisse m'en aller d'ici. » Mais du moment que Mélanie s'est confiée à un prêtre, elle le regarde comme son supérieur et se croit obligée envers lui à la soumission. Elle ne quittera, après Diou, Cusset, qu'avec la permission de l'abbé Combe[43]. [...]

[Elle avait écrit à ce dernier] : « *L'état de la France me fait peur... Votre Paternité me voudrait résignée comme les Français ; je n'ai pas cet attrait, et je ne vois pas que saint Paul l'eût ; et le divin Maître n'exhorte pas les siens à rester là où ils sont parlant à des sourds ; mais... de secouer la poussière... et de s'en aller ailleurs...* »

[A Monsieur Henri Lainé, de Paris, le 2 juin 1904] :

« ... *Notre pauvre déviée France n'écoute pas plus les miséricordieux avertissements de la Reine des Anges qu'elle ne pratique la loi de Dieu et les maximes de l'Evangile, ce sont*

---

matérialisme, à l'athéisme, au spiritisme et à toutes sortes de vices (Le Secret de la Salette). »Oui, triste France et mauvais pays ! « *Je ne veux pas mourir au milieu des francs-maçons*, disait Mélanie. »

[43] La maison Hartmann où elle était locataire à Diou étant en vente, l'abbé Combe la relogea dans une maison lui appartenant à Cusset, commune intimement liée Vichy.

donc les châtiments qui peuvent seuls la réveiller de sa criminelle léthargie[44]. »

[*Ailleurs*], ce fut Altamura, dont l'évêque était Mgr Cecchini. Elle y arriva le 16 juillet 1904 et y mourra dans la nuit du 14 au 15 décembre de la même année, de la façon dont elle l'avait annoncée un an auparavant à Marie Bobin de Diou, qui l'avait soignée durant sa maladie : « *Je mourrai en Italie — dans un pays que je ne connais pas — où je ne connais personne — pays presque sauvage — mais où l'on ne jure pas — et où l'on aime bien le Bon Dieu — Je serai seule. — Un beau matin — on verra mes volets fermés, — on ouvrira de force la porte — et on me trouvera morte.* » Cela se passera exactement ainsi (voir *Le triomphe de N-D de la Salette en et par ses deux Témoins*).

---

[44] Cité par Timothée Philalète (abbé Radiguet,curé à Esquay Notre-Dame – Calvados, *in* *N-D de la Salette et ses deux Elus*, 1906),
La France est toujours profondément endormie. Les forces du mal en profitent. Plus les malheurs pleuvent sur nous et plus nous sommes aveuglés et apathiques. C'est un châtiment. On incrimine la désastreuse politique, le mondialisme, l'invasion migratoire, l'insécurité, la pandémie, la ruine de l'économie, les mesures liberticides, l'avenir angoissant … ce ne sont que des effets. Nos péchés et notre rejet de Jésus-Christ et de son Evangile en sont la véritable cause. Ce ne sont pas les économistes, les idéologues, les sociologues, les politiciens, les militaires, les Gilets jaunes qui nous tireront d'affaire. Implorons pardon et miséricorde. Revenons à Jésus-Christ, à la foi de nos pères, à une vie authentiquement chrétienne. A Dieu rien n'est impossible. Demandons l'intercession de la Bienheureuse Vierge Marie, Secours des chrétiens.

Du même auteur, sur La Salette :

***La Femme et le Dragon*,**
Ouvrage fondamental pour la défense du Message intégral de N-D de la Salette, tant contre les erreurs, attaques et calomnies passées qu'actuelles, et pour la défense de Mélanie Calvat odieusement dénigrée et calomniée par un certain clergé pharisaïque (nombreux documents).500 pages, 30 € franco.

***Dieu sera servi et glorifié*,**
Avis d'un lecteur : « *Magnifique analyse, une véritable "autopsie" de la société civile et religieuse. Un remarquable travail, bien documenté, bien augmenté. Mes plus vives félicitations à l'auteur, son travail est le fruit d'une intelligence amie de l'ordre. La récompense suivra le mérite, la lecture de ce livre est vivement recommandée.* » Signé : Paul – (Avis des lecteurs, DPF-Chiré).
432 pages, 30 € franco

***Maximin Giraud – Témoin de la Belle Dame – Portrait véritable*,**
Un petit montagnard de onze ans, surnommé le *mouvement perpétuel*, espiègle, amuseur, léger, irréfléchi, n'ayant reçu ni éducation ni instruction profane et religieuse, est choisi par la très sainte Mère de Dieu pour témoigner de ses avertissements, de ses conseils, de ses menaces, auprès de son peuple qu'elle aime et pour lequel elle fait tout pour lui épargner les châtiments qu'il mérite.
En quelques années, Maximin deviendra un excellent chrétien, un homme digne, grave, respectable, instruit. La Reine du Ciel le conduira à une vraie sainteté au travers des nombreuses épreuves qui jalonneront sa courte vie.

Il est pour nous un exemple de foi, de piété, de détachement des biens qui passent, de résignation dans les afflictions, de fidélité aux devoirs d'une vraie vie chrétienne.

Père Maurice Avril, le 29 septembre 2020 : « Plus que débordé, j'ai quand même lu de suite l'admirable réhabilitation de Maximin. Vous serez béni pour cela. »
146 pages, 14 € franco.

Le Triomphe de N-D de la Salette en et par ses deux Témoins,
L'aversion jusqu'à la haine d'un certain clergé contre le Message intégral de Notre-Dame et contre ses Messagers ne trouve son explication plénière que dans le travail du Malin, bien indifférent, certes, aux « reproches au clergé », mais qui ne redoute rien de plus au monde que la connaissance des Derniers jours, par laquelle les âmes prévenues résisteraient aux séductions des faux prophètes et lui échapperaient en masse. Une analyse sans concession, selon l'Histoire vraie et impartiale, d'un livre du père Jaouen, ms et d'un autre du père Jean Stern, ms.
330 pages, 24 € franco.

Réédition :
L'Apparition de la T.S.V. Marie sur la Montagne de la Salette le 19 septembre 1846, par Mélanie Calvat, Bergère de la Salette
(Récit publié en 1879 avec *imprimatur* de Mgr Zola).
Avec explications de l'abbé E. Combe, curé de Diou -Allier -, chez qui Mélanie vécut les dernières années de sa vie ; et application à l'actualité par le frère Mateo + 3 Annexes.
209 pages, 18 € franco.

Ces ouvrages sont en vente chez l'auteur (ils seront dédicacés) et également à DPF-CHIRE

Modalités de règlement :
Chèque bancaire à Maurice Canioni, à l'adresse ci-après.
ou virement : IBAN 200041 01007 0101161F038 18

Achevé d'imprimer
Le 18 juin 2021
Saint Ephrem, diacre, confesseur et docteur

Pour AEMC :
editions.aemc@gmail.com

Auto-éditions Maurice Canioni
Cabeço do Barreiro C.P. N° 5
6005-210 Louriçal do Campo
Portugal